13日より18日まで （5階）
コレクション展

世界各国の象人形
象の化石並びに骨骼
象牙細工各種陳列

即売品
象人形　象牙細工等

Ⓣ

象さんの名前が
決りました
"たかちやん"
ご応募の御名前は
園内に掲示し、同
はがきにてお知ら
せ致します。

タイからはるばる……　屋上公開
本日正午より

象ゾウが参りました

象の名前懸賞募集

生後8ヶ月のお嬢さんです可愛らしい名前をつけて下さい
当選190名様にお礼申し上げます

本25日より4日間　楽園演芸

営業時間　午前10時より午後5時半

Ⓣ

タイからはるばる

象がまいりました

屋上庭園公開
（本日正午より）

象さんの名前募集
生後8ケ月のお嬢さん
です。可愛い名前を
考へて下さい
○投票用紙は園内に

営業時間
午前10時
より
午後5時半

12時より3時
景品贈呈

Ⓣ

デパートのうえの たかちゃん

文と絵　あらい静枝

致知出版社

表紙の裏の図案は、当時の日本橋髙島屋の新聞広告をアレンジしたものです。

にほんばしのデパートのおくじょうに
むかし、
小さなゾウがいたことを
知っていますか？

小さな　小さな　インドゾウは
タイからふねにのって日本にやってきました。
子ゾウのなまえはポム。

かんげい
ゾウさん
T

日本につくと、
ポムはきしゃとトラックにのりました。

道の両《りょう》がわにはポムを見ようとして
たくさんの人が集《あつ》まっていました。

そして、タイでは見たこともない
大きな大きな　おうちにつきました。

「ウワァー、大きなおうち!!」

ポムは見上げてびっくりしました。
おくじょうには赤いアドバルーンが
たくさん
風にゆれています。

そこはすごく大きなデパートでした。

ポムのあたらしいおうちは
このデパートのおくじょうにあるのです。

でも……

エレベーターに子ゾウはのれません～～～～×

じゃあ、かいだんは？

とてもムリ～～～～×

2 3 4 5 6 7 R

ゾウのおう
ゾウがデパートにやってくる!!

そこでポムはクレーンでおくじょうまで
つり上げてもらいました。

「見て見て、ゾウがのぼっていくよ！」

「ゆれないようにゆっくりね」

そしてポムは無事《ぶじ》に
おくじょうにのぼることができました。

やっとおうちについたね。
ようこそ……ゾウさん！

さっそくデパートは子ゾウのなまえを募集《ぼしゅう》しました。

子どもたちは、ゾウのなまえを

みんなでかんがえて……

「たかちゃん」というなまえにきまりました。

子ゾウのなまえは、年をとって死んでしまうまで、
ずーっと「たかちゃん」でした。

なんで知っているかって？
これからおはなししますね。

これはたかちゃんのはなのように、
ながーいながーい　おはなしです。

まだ、どこのおうちにもゲームやコンピューターがなかったころ。

デパートのおくじょうには、
いろんなお花がいっぱい咲《さ》いていて、
たのしいのりものや、
おいしい食べ物のお店がありました。

そこには小さな動物園《どうぶつえん》もありました。
動物園には、いろんな動物がいたけれど、
いちばんの人気者《にんきもの》は、あのかわいい子ゾウの
たかちゃんでした。

デパートのおくじょうで
小さなあなたと小さなわたしは、
はじめてであいましたね。

「こんにちは、　かわいいゾウさん…」

ちっちゃなたかちゃんは
デパートにきてからまいにちたのしく、
くらしました。
みんなとてもかわいがってくれましたし、
おいしいごちそうがいっぱいあるのですもの。

ムシャムシャたべて。。。
どんどん大きくなって。。。

あれあれ?
たかちゃんは三ばいの大きさになっちゃった!

なにを
食べたの?

しお

たかちゃんの１にちのごはん

あお草	55キログラム
わら	11キログラム
りんご	５キログラム
みかん	２キログラム
にんじん	４キログラム
じゃがいも	４キログラム
かんそうした草	４キログラム
パン	３斤《きん》（大きなパン３本）
しお	１キログラム

「高ちゃーん」

「た・か・ちゃーん」

「タカちゃーん」

パチパチパチ

子どもたちは

あっちこっちから声をかけます。

くびをふってイヤイヤ
うなずいてウンウン
おはなで旗《はた》をふったり
ジャズダンスまでできるよ。

じょうずだね！

みんな、おおよろこび……

たくさんの人がおくじょうに集まってきました。

子どものいちばんのたのしみは
たかちゃんの背中《せなか》にのることです。

わたしもたかちゃんの背中にのって
ゆっくりとおくじょうを歩きました。

とてもたかくて、とおくのほうまで見えたけれど
たかちゃんのやってきたタイは見えません。

それから三ねんほどたちました。

ある日、デパートに行ってみると
たかちゃんはもういなくなっていました。

たかちゃんはどうしたんだろう？
元気《げんき》でいるかな……

なんねんかたちました。
たくさんのたのしい人やおもしろいことにであい、
わたしは大人《おとな》になりました。

つらい時は心のふちがソボソボに
ほどけてしまうこともあるけれど

やっぱり大人になるのはとてもステキなことでした。

ある日、
上野《うえの》動物園のうらのお店でアルバイトをしていると、
そこにパンダの飼育員《しいくいん》さんがお食事にみえました。

わたしは、たかちゃんのことをきいてみました。

「デパートのおくじょうにいた
ゾウのたかちゃんが
今どこにいるか
知っていますか?」

Cola

「元気で
今は多摩《たま》動物園にいますよ」

パンダの飼育員さんは教《おし》えてくれました。

えーっ！　そうか、たかちゃん元気でよかった。

それからなんねんもすぎたころ
わたしはお母さんになりました。

ある晴《は》れた日、
子どものかおを見て
おもいました。

「みんなでたかちゃんに会いに行こう！」

子どもたちは、ちょうどあのころのわたしと
おなじぐらいの年になっていましたから。

うぶつえん

でも……たかちゃんは元気でいるのでしょうか?
なにしろ三十ねんいじょうも会っていないのですから。

ドキドキしながらわたしたちは
動物園のインドゾウのサクの前までやってきました。

なまえ
たか子

イソドぞう
○○どうぶつえん

サクのよこに、インドゾウの名前がかいてあります。

ひとつずつ見ていくと、
そこに「たかこ」というなまえを見つけました。

あっ！　たかちゃんだ！

でも、どこにいるんだろう……？

どのゾウがたかちゃんだかわかりません。

そこで、

「高ちゃーん」
「タカちゃーん」
「たかちゃーん」

むかしのように、大きな声でよびました。

それから手もたたきました。
パチパチパチパチ……

そのとき、年をとった1頭のゾウが
こちらをのっそりとふりかえりました。
——たかちゃんでした。——

たかちゃんは声のするほうにゆっくりと歩いてきました。

そして目と目があいました。

「たかちゃんなのね」

涙《なみだ》がいっぱい出てきました。

たかちゃんはサクから身《み》をのりだして
おだやかな目で、わたしたちを
ゆっくりと見まわしました。
耳のヘリはソボソボにほどけていました。

むかしの子どもが大きくなって会いにきたんだ——!

たかちゃんはそうわかっているようでした。

その時です！
たかちゃんはサクのヘリに両手《りょうて》をのせると
ながいはなをプルーンとふりあげてみせてくれました。

パチパチパチパチ！

つぎはプルンプルンと頭《あたま》をふってみせてくれました。

それから、うなずいて、
ウン・ウン・ウン……

それはまるで
「ほらね、たかちゃんだよ!　おぼえてる?」
といっているようでした。

どれもみな
小さなたかちゃんが
いつもデパートのおくじょうでやってくれていた
大人気《だいにんき》の芸《げい》でしたものね。

旗ふり、イヤイヤ、
そしてウンウン！

わたしたちはうれしくなって、
みんなで手をたたいてさけびました。

パチパチパチパチ……
「たかちゃーん！」

たかちゃんの目には、
デパートのおくじょうにいた時に見た
たくさんの人のうれしそうな顔や声、
そして
小さなころからかわいがってくれた
やさしい人たちの顔が浮《う》かんでいたのでしょう。

しばらく芸をみせてくれたあと、
たかちゃんは
ゆっくりとむれの中へと
もどっていきました。

それからしばらくして

ゾウのたか子は亡《な》くなりました。

それからなんねんかたった
桜のころ
満開《まんかい》の桜の木の下で、
デパートの人にであいました。

わたしは、前からふしぎに
おもっていたことを
きいてみました。

「たかちゃんはどうやって
デパートのおくじょうからおりたのですか？」

その人は教えてくれました。

「デパートの中央《ちゅうおう》かいだんに板をわたして、
たかちゃんは
自分で歩いておりていきましたよ」

満開の桜の中を
たかちゃんが
ゆっくりと……ゆっくりと……
かいだんをおりてくる姿《すがた》が目にうかんできました。

たのしかったね、たかちゃん
ありがとう。

あとがき

この本を書くきっかけは動物園での一頭《とう》のゾウとの三十五年ぶりの再会でした。そのゾウは、子どもの頃と同じように呼びかける私に応《こた》えるかのように歩み寄り、なつかしい芸をいろいろと見せてくれました。

永《なが》い年月を経《へ》て出逢った私とゾウは、そのとき三歳の頃に戻っていたと思います。

私のほうが永く生きたので、たかちゃんのながい話を書くことにしました。

デパートの屋上にたか子という小さなゾウがいたんだということ……そして、心のどこかでずっとTデパートのたかちゃんでありつづけたということを伝えるために。

この本を出すにあたり資料提供いただきました日本橋髙島屋、御支援・御協力してくださった大塚一雄氏、佐藤洋人氏、出版にたずさわってくださった致知出版社の方々、他、多くの方に感謝いたします。

あらい静枝

ゾウのたか子あれこれのお話

クレーンでつり上げられるゾウのたか子
（写真提供：髙島屋）

デパートの屋上の楽園

戦後、二十五年頃から四十年代半ばにかけて、日本のデパートの屋上にはたくさんのアドバルーンが上がり、観覧車《かんらんしゃ》、メリーゴーランド、コーヒーカップ、木馬、ペット売り場、喫茶コーナーなどもある屋上遊園地の全盛期でした。

そこは大人も子供も楽しめるパラダイスでした。

家族揃《そろ》って行ったお好み大食堂ではお子様ランチなども人気で、富士山型のご飯の上にはいろいろな紙の旗が立てられていたような気がします。

また、戦後、明るいニュースを求める日本人のもとに外国からたくさんの動物たちがやってきました。昭和二十四年にはインドのネール首相から上野動物園にゾウのインディラが贈られ、二十六年五月にはタイから六歳と七歳の子象がやってきています。

昭和二十六年五月二十七日の新聞には「上野動物園のゾウが3頭になりまし

た！」という記事が載っています。１頭目はインディラ、２頭目は花子（今は井の頭公園の動物園にいます）、３頭目は名前を公募します、とありました。私も金のゾウバッチをつけて（ブリキに赤と緑などで彩色されたもの）両親と動物園の前を歩いていたのをうっすらとおぼえています。

そして日本橋の髙島屋にも昭和二十五年五月二十五日に、タイから八か月のポムというメスの子象がやってきました。

たか子と呼ばれるようになったその子象は私と同い年でした。私がたか子に乗った写真があり（写真好きの祖父が撮ったものと思われます）、写真の裏には昭和二十八年四月・靜枝、満三歳と万年筆で書いてあります。

それらの動物たちは人間にはなしえない力で、戦後の日本人の心に微笑みをとりもどし、驚きをもたらし、希望の光となって次へと続く勇気を与えてくれました。デパートの屋上での楽しい風景は、その時代を生きたたくさんの人々の心に、あたたかい家族の思い出とともに生き続けています。

デパートの屋上は今でも私の安らぎの場です。

象のいる百貨店――「おかげにて」(髙島屋の百五十年史)より

すばらしいアイデアの誕生

昭和二十五年。主食を除く食料品の統制が廃止されて、魚類や酒、たばこが自由販売となり、耐乏生活をつづけていた大衆の生活にも、ようやく明るいムードが戻ってきました。そして、それは一月のことです。ある集まりの中で、髙島屋へ人を集めるのに何かいいアイデアはないだろうかということが話題になり、その中の一人が象をつれてきては、といったのです。当時象は名古屋の動物園にいるだけで、上野の動物園がそれを借りてきて子供たちに見せたところ大喝采《かっさい》を博し、それが新聞にも掲載されたほどですから、もしもデパートへ象をつれてきて屋上でみせることができれば、人気を集めることができるかも知れません。

それから一カ月ほどして、東京店の竹原営業部長は、千代田館の中にあるバナキット商会がタイ国と関係あることを思い出したのです。「象が欲しいのだけど、なんとかならないかね」「いいところへ来ましたね、今現地から子象はいらんかという手紙が届いたところですよ」ということで、話はトントン拍子で進みました。当時は重要物資の輸送で、そのような動物類の輸入にまで手の届かなかった時代です。飯野海運の宮島丸に積んだという電報がはいり下関入港の日がわかると、東京店からは迎象接伴役が二人下関まで出迎えに行きました。

地上三三メートルの象

ところが、どうしてキャッチしたのか、象が着いたというニュースを地元の新聞社が知っていて、ぜひ象を下関市民に公開して欲しいと申し込んできました。二人は「それは困る。私たちは早く無事に東京までつれて帰らねばならない責任があるから」と断ったのですが、先方はぜひにと食い下がって離れません。それではということで、場所を野球場のグラウンドに決めて、そこへ子供達を集めておいて、象を乗せたトラックをそこへ回すことにしたのです。もしも大勢の人に驚いて暴れ出したら、という心配もありましたが、何事もなく、下関の市長さんからは花束とリンゴを二箱贈られました。でもリンゴは象が食べなかったので、人間の方がいただいたということです。

やがて汐留駅に着いた象さんは、日通の大型トラックに乗せられ、銀座をパレードして髙島屋に到着。象の檻《おり》は宣伝効果も考えて、クレーンで屋上へつり上げられました。その間、日本橋通りは電車もバスもストップ、上を見上げる群衆でまさにサーカスそっちのけの大騒ぎ。つり上げられる檻の中で象が小便したことが、ちょっとユーモラスな緊張をほぐす風景として印象的でした。

そして、子象は髙子ちゃんと名付けられ、まだ何処《どこ》の百貨店も子供の施設まで手の回らなかった時期だけに、大変な人気。初日には一七万人の見物客が屋上に集まり、髙島屋の名物になりました。そして髙島屋は〝象のいる百貨店〟としてアメリカの雑誌にも紹介され、地上三三メートルに象がいるといって話題になりました。

髙子ちゃんの大活躍

さて、その髙子ちゃんですが、二百頭に一頭といわれるほど大変利口な象で、〝髙子ちゃん〟と呼ぶと、ウォーと返事をしましたし、いろいろと芸をおぼえ、背中に多くのお客さんを乗せて泉水のそばを一回りして写真を写し、商いの手助けもしてくれました。また、この年から始まったプロ野球セントラル・リーグのナイターに〝エレファントシリーズ〟という名をつけ、飯田直次郎社長が始球式を行いました。これも店外宣伝のはしりとして、髙島屋は東京都民に一層親しまれ、外国でも「君のところには象がいるそうだね」といわれるほど有名になりました。そして昭和二十九年五月に、髙子ちゃんは上野動物園に贈呈されることになり、名残りを惜しみながら、そろそろと階段を降りていきました。しかしながらこの企画は、戦後の暗い世に明るさを送り込み、すさんだ人びとの心に微笑と潤いを取り戻させた、東京店首脳部の機知に富んだ大ヒットでした。

ゾウのたか子の生涯

◇昭和24年、タイの南部、チュンボン部落で生まれる。名前はポム。
◇昭和25年5月19日、8カ月のポムは下関港に到着、その後、汽車で新橋の汐留駅へ。トラックで新橋から日本橋まで大勢の人に迎えられてお披露目。日本橋髙島屋へ。クレーンで屋上へ上げてもらう。
◇その後、デパートの名前をもらって「たか子」と命名され、屋上で活躍。人気者となり、たくさんの人を楽しませてくれた（当時の体重五六〇キロ）。たか子は当時日本にいたゾウの中で一番の芸達者だった。

《当時のたか子のレパートリー》

鈴ふり、いやいや、お頭てんてん、旗振り、お耳教えてチョーダイ、碁盤台の上でお座り、ラッパ吹き、ジャズダンス、太鼓たたき、おあずけ、おすわり、おねんね、ちんちん等

◇昭和29年5月、上野動物園へお嫁入り（当時の体重一五〇〇キロ）。
たか子の演芸会などで活躍。
◇昭和33年に開園した多摩動物園に移る。
◇平成2年、同動物園にて亡くなる。

たか子と著者（撮影：大塚春吉氏）

インドぞうとセイロン
インド ぞう
植込みの中に入ら

〈著者紹介〉

あらい静枝（荒井静枝） 東京京橋生まれ。武蔵野美術短期大学卒業後、平田暁夫帽子教室および関民帽子教室を卒業。

現在、帽子ブランドVidro、あらい静枝帽子教室（銀座・国分寺）、銀座静鹿《せいか》ギャラリーを主宰する。

HP：http://www.bousizuki.com
Eメール：vidro@bousizuki.com

デパートのうえのたかちゃん

平成二十四年八月三十日第一刷発行
著者 あらい 静枝
発行者 藤尾 秀昭
発行所 致知出版社
〒150-0001 東京都渋谷区神宮前四の二十四の九
TEL（〇三）三七九六—二一一一
印刷・製本 中央精版印刷
落丁・乱丁はお取替え致します。 （検印廃止）

ISBN978-4-88474-974-3 C0095
ホームページ http://www.chichi.co.jp Eメール books@chichi.co.jp
装幀——フロッグキングスタジオ
編集協力——柏木孝之

『致知』には、繰り返し味わいたくなる感動がある。繰り返し口ずさみたくなる言葉がある。

私が推薦します。

稲盛和夫 京セラ名誉会長

人の心に焦点をあてた編集方針を貫いておられる『致知』は際だっています。

鍵山秀三郎 イエローハット創業者

ひたすら美点凝視と真人発掘という高い志を貫いてきた『致知』に、心から声援を送ります。

北尾吉孝 SBIホールディングス社長

さまざまな雑誌を見ていても、「徳」ということを扱っている雑誌は『致知』だけかもしれません。学ぶことが多い雑誌だと思います。

中條高徳 アサヒビール名誉顧問

『致知』の読者は一種のプライドを持っている。これは創刊以来、創る人も読む人も汗を流して営々と築いてきたものである。

村上和雄 筑波大学名誉教授

『致知』は日本人の精神文化の向上に、これから益々大きな役割を演じていくと思っている。

渡部昇一 上智大学名誉教授

『致知』は修養によって、よりよい自己にしようという意志を持った人たちが読む雑誌である。

ゾウがデパートにやってくる

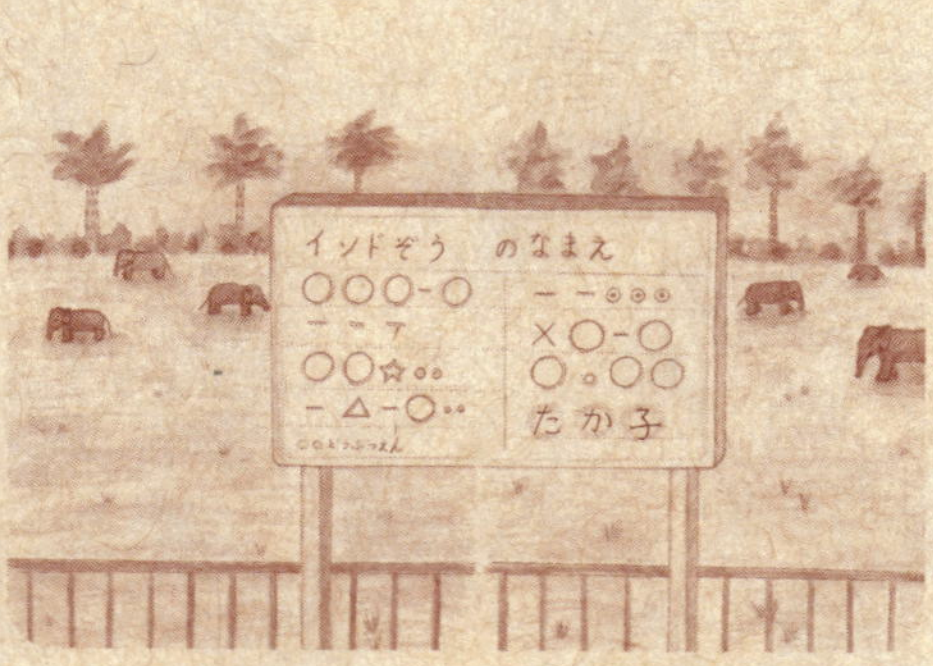
インドぞう　のなまえ
たか子
○○どうぶつえん